上心下心

栩栩 著

本書榮獲第四屆周夢蝶詩獎

周夢蝶詩獎學會

最讓我有安全感的，也是很喜歡的作品就是《忐忑》了。《忐忑》的語法是最熟練的，它的節奏很穩，它的詩從第一首到最後一首的品質一致，落差都沒有很大。讓我驚豔的是，此詩集並不依賴一般「修辭」等技術層面的東西，而是運用 insight 或思想來帶出美感經驗。以前我常常講，最美麗的修辭事實上就是最美麗的思想，而《忐忑》幾乎每一篇都給我這樣的感覺，閱讀起來頗受觸動且非常愉快，一首一首分開來讀都相當詩情畫意。

——**羅智成**（二〇二〇年第四屆周夢蝶詩獎評審意見）

你將著迷於栩栩的語速，久不曾遇見這些凝凍剔透的瞬間，在人影翻動的城區街邊，你以為你曾傾心的古雅暗香即將沉入長河，忽然又能捧讀在近前。極為珍稀地，你明白有人的呼吸如此深軟細緻，有人的語詞尚能捕捉幽隱滑動的感知片刻，抑且小心翼翼地收藏著、推衍著。你不相信這個世界還能允許這些字詞的出現，你不可置信，她們就像當代的宋瓷。

——張寶云

偏愛《忐忑》詩集中以篤定之語，訴說著躊躇之情，彷彿以極小的尺距去丈量自身與他人、萬物的距離。栩栩總能在語言的縫隙鑿出光來，將幽微的情緒提昇一個亮度——僅僅如此，她使讀者看見，卻無法觸碰。可感受詞彙被反覆拿捏、思量後，化作靜電附在情感摩擦之處，像是微小的火種，燃起內心的柴薪。

——林餘佐

《忐忑》有著木紋、金漆的呼吸，有蘆葦、魚鳥的心搏，卻也有著「我會為你（香港、西藏、新疆）流血」的少年血性。在自我的微縮宇宙中，栩栩所追求不是「會心一擊」的現代情感速效，而是緩慢錘造文本深處的觸覺與聽覺。在侘寂裡相愛，陰翳中凝視，在忽明忽滅的加速世界裡……《忐忑》是一本匠人之詩。

——楊智傑

物有微，聲有隱，詩有信

楊佳嫻

栩栩的詩捧出天地物象形色，微渺近乎消化的縫線縱橫，那是感情與覺識，穿織肉與骨之間，危危繫住。那些縫線，怎樣屏擋不讓世界崩潰，於心跳紊亂多拍下仍可以交融運作，可以說就是詩的技藝，或者也反射出詩人的情性與美學的信仰。

全書超過五十首詩，幾乎採取曲折隱藏的寫法，看似得益於古老詩教，溫柔少慍，但是，底下卻往往是虛空，否定；爆炸後的抑止與鎮靜，內裡仍簌簌有餘燼亂灰。詩題取為〈失途〉、〈失物〉、〈相失〉，「得／失」之際往往涉及許諾及其失效，人生最不忿又必然遭遇的難題。詩題且幾次向時間致意，〈十一月〉、〈刹那〉、〈度日〉、〈十年〉、〈隔世〉、〈半生〉，從最短一瞬到無可預計的長度，這也跟「得／失」緊密相連，幸福令人無懼也令人恐懼，都與能否留住此人此刻有關。我們都沒有把靈魂賣給魔鬼來換取特權，因此屢屢在雷電中看見自身的下墜——「如何十年之後／肝膽仍碾磨出／花蜜，你伸指蘸取／那韻致／那久違的饕餮／煙一樣散逸」（〈十年〉），「饕餮」和「煙」，完全相反，同樣頑固，前者頑固於食，後者頑固於死。

我喜歡那些壯闊的巧思，例如「湖水自北冥攜來香檳」（〈在貝加爾湖畔〉）、「昔時的懷抱／以千萬年計」（〈懷人〉）、「雨聲擦過干戈聲，昔年／就此下落不明的閃電」（〈分神〉），閃電落下，或許越過千萬年，化為眼前香檳浮沫。旅行裡壯懷敞開，風吹過仍感覺釘痕，新景中包裹著舊事，難免分神，難免不明。我也喜歡精細的情色，「這小江山，無詔／不得入」（〈忐忑〉）

展示慾望的卷軸，小江山如微雨深宮，愛的權威，隱密的嬉戲，或「乳是鐘乳／吻是虎吻」（〈失物〉），「鐘乳」肖形，也指涉緩慢堆疊，無窮時間，「虎吻」如此危險，兇猛，豔麗。

神以及高處，似乎也會是栩栩極目之處。「神祇在雲深處端坐／試一個低音」（〈失途〉），神祇也必須「試」嗎，試音時反覆演奏，人間聽到的是什麼？莫非就是「來自陰影的召喚」？而「有人隱身於高處／手持金針／挑出虛構的舍利」（〈斗室〉），隱於高處者，可以是神，也可以是比較不在乎的那個人，手持金針，挑揀姿態，尤其顯示出掌握情感、命運與定義的權力；虛構的舍利是否意味著虛構的生？是否意味著「難道，你的記憶都不算數……」？

前述的「神」屬於象徵意味，並不與宗教有關，真正使用宗教典故，則主要來自《聖經》。「親愛的法利賽人／你是生來寡愛的嗎／你是生鐵還是木料／擘開了餅／擺上了筵席，你來／且讓我們用同一個身體」（〈親愛的法利賽人〉），無獨有偶，在〈新生〉中，分餅意象再度出現，在奶與蜜的浸潤中，「讓你和我／重新成為一體」，以餅（聖餐）與聖體的聯繫，「用同一個身體」

是為了使多愛與寡愛者能同承苦痛、同領喜悅，「重新成為一體」則強調信仰帶來的深度結合。這裡頭的悲憫，竟不妨連繫向常玉畫作致敬的〈孤獨的象〉，「袈裟下/最小的祭物」，畫面上無邊濁金色荒野正如同一襲鋪地袈裟，承載那顛躓獨行而顯得幼小的象。詩，有時候能在最小最小範圍內給苦熱以冰，給傷凍以溫泉，堅實起來如餅，廣大起來如袈裟。

曾經的粉身碎骨——讀《忐忑》

郭哲佑

忐忑，見字即能悟意，指心緒起伏不安，焦灼、惶惑、猶疑。栩栩的第一本詩集名為《忐忑》，集裡鋪排各種時空的緊縮與撕張，素描一耿耿於懷的自我，堆疊圈限危疑的「小江山」。

不難看出這本詩集的謹小慎微，一字千金。儘管綿延詞如忐忑，亦能從字形中另外攫取圖象，厚實語意，何況是單字達義的單音詞。栩栩詩作的意義單位往往從單字始，不輕易妥協，磨到圓滑飽滿才一一吐出，詩句宛若珍珠串鍊，能有顆粒剔透的晶瑩感。比如「曾經，可觸且可及／乳是鐘乳／吻是虎吻」（〈失物〉），以乳和吻勾勒親密關係，但卻用「鐘乳」與「虎吻」生動寫出愛與傷的連結；鐘與虎，一堅硬一狂烈，兩個詞有各自的意義脈絡，鑲嵌在此渾然天成。若情感強烈到讓人輕易被觸動，被震顫，是否也將帶來銳利與流血？另外如「孤獨的金質無垢／無涯無朽滅」（〈孤獨的象〉），無垢先成就金質，再致無涯、無朽，連延推舉到最高，才明白這是扣回孤獨的本質了。如此慎重下筆，一字一思，詩作遂能在短句短篇中，融入更多意義，拉拓餘韻。

凝鍊字詞為了濃縮語意，同時也如磨刀之石，詩句於是鋒芒如劍，銳利如針。栩栩之詩不走哲思辯證一路，而是將字詞聚焦，越界通感，步步擴散。比如「樹浪隱約推得更遠了／狀極參差／如聞嗚咽聲」（〈在酒館〉）是將視覺以聽覺表示，「周身酣熱，柔滑／如皂。霧裡的／管風琴……都是你」（〈夢中會〉）則動用了霧與管風琴來摹寫觸覺之熱與滑，而〈在貝加爾湖畔〉中的一段，則靈巧的轉化各種感官：「行於水面上／薩滿之歌，岬角小小／如鰻，傾向獨居／湖水自北冥攜來香檳／鈴鐺低吟登岸／化為白沫」，歌聲行於水上，是以眼寫耳，岬角如鰻是以喉寫眼，香檳之氣泡與氣味用以捕捉目所不及的白茫，最後鈴鐺登岸再次通感聽覺與視覺，彷彿所有感官在此融為一體，與身外的天地共振。

艾克曼在《感官之旅：感知的詩學》中，舉豐富的文化典故與生理學研究為例，說明感官知覺把現實分裂成生命的碎片，再將之重組；所謂的心智意識，與五官知覺實難以區分。栩栩詩中的聯覺（Synesthesia）手法，時而融化想像，時而成就自我，往往亦難辨認感官主體為何。比如〈十一月〉這首詩，寫心中的那人是「只有見與不見／吻與齟齬，那擁抱／如鬚如霧如觸手／如電，我曾渴望。冷空氣／使肺葉張開」一個擁抱包裹兩端，鬚可以扎人可以遮掩，霧既是迷茫又是滲透，觸手指涉雙關，可能柔軟帶電，又彷彿電光石火亦可觸手而及，閃現、刺痛、寒冷，沒有先後，整片而來。節制的字詞更有漣漪之效，脫去雜質，卻擴大了體感，把一切動蕩歸結自身。

感官是從個人出發，然而若提到精練與錘鍊，自然就不能忽略整本詩集不斷用典，與過往歷史記憶周旋的企圖。直接點名者，有應和常玉、龍瑛宗、莎士比亞的〈孤獨的象〉、〈客居〉、〈玫瑰的名字〉；引句化用者，比如〈過天長地久橋〉「一生無非如此。冬雷震震／夏雨雪／行至八荒九垓／求一句偈語」以〈上邪〉來與天長地久橋呼應，〈此來〉未明言分離，但以「小黃蜻蜓張開它們平行對稱的翅／別在花苞一樣微敞的襟口」來暗示，連結到席慕蓉的名作〈渡口〉。而〈分神〉的開頭「屋子裡有一種風雨／將至的氣味……」顯然遙應楊牧〈卻坐〉，〈卻坐〉引用甲溫與綠騎俠傳奇，與西方騎士精神對話，將「劍」與「詩」比擬起來，那麼〈分神〉出現的手稿、殖民、干戈等詞，又是立基其上，對藝術追求的再反思了。

詩集裡隨手拈來的典故何其多，栩栩對東西文化皆能熟稔，援引拉雜，讓詩作不只有表面張力，更有內蘊的暗湧。〈無花果〉、〈親愛的法利賽人〉源自《聖經》，〈黃雀〉在中國文化中則有報恩、後患、羅網等義，而尤其難得的是將兩方揉合，塑造新境，比如〈餘燼〉這首詩：「是靜止的，是黑暗／一閃而過／我曾示你以永恆／火的消逝／許多年後／終於你拾回一只蒙灰的彩鳳」，寫日晷天光燒灼，詩中之鳳儼然源自西方不死鳥傳說，以身自焚，以痛苦化去仇恨，冀望在灰燼中重生。

然而，「彩鳳」一詞卻能折射出不同的涵義：首先是李商隱的名句「身無彩鳳雙飛翼，心有靈犀一點通」，這讓此處扣回了前段的「對話」、「指涉」，原來曾經的靈犀神思如今皆已蒙灰；其次是楊牧名作〈蘆葦地帶〉中髹漆精緻的彩鳳茶壺，是雙方情意象徵，也是交流的憑藉。因此，「彩鳳」的燃燒不只是自我礪練，更是彼此的告別與決絕了。

感官與用典，自我與世界，《忐忑》中的詩作主題無一不在這至大與至小間迴還拉鋸，在茫茫無垠之中落錨，上下四方求索。之所以耿耿於懷，不只在懷中利刃的鋒利，也在於所欲擁抱的事物如此之多，之廣。有時，它們帶有一種後設的目光，超脫而看時空漫漫，如「只是還夢著／你的背影，天地契闊／久遠劫以來／一粒輾轉的豌豆」（〈半生〉）、「有人隱身於高處／手持金針／挑出虛構的舍利」（〈斗室〉），但尤其動人者，是曾經的身在其中：

重披鱗片毛髮
結悒鬱的繭
回返文明初始，物種的
第一頁

「我只記得
一種粉身碎骨的感覺……」

——〈度日〉

栩栩之詩，以文字提煉經驗，化感官為存有，天地皆是注腳，彷彿破蛹成蝶，字句閃爍鱗光。與栩栩相識已久，見證許多詩作的生發過程，欣喜多年過去，首部詩集終於面世；但回顧過往，從來結繭造蛹，首要便是在蛻化的前一刻，將自己否認、撕裂、重組，鎔鑄成沒有面目的渾沌，那曾經都是我的粉身碎骨。

目錄

推薦短語

推薦序

有人

五色石

共振

魂兮歸來

我們之間

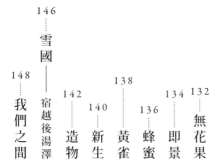

始終耿耿於懷

後記

輯一 有人

濃霧

忽然間經歷

他的堂奧

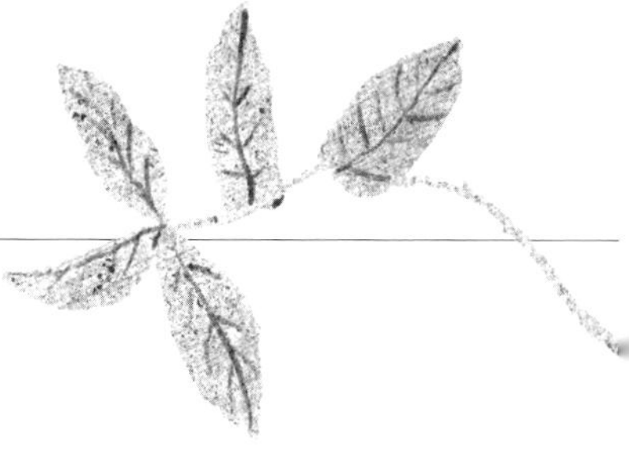

有人

如天階顛倒
斑斕，如雲鼓相擊
是夜我秉燭而起
赤足涉過花香
廝磨，為誰綿密沙啞
手心微溼

沒有太多非說不可的話

潮水撫平了，潮水
吐出幽邃的來路
趨前，後退，踟躕停頓
或因往返
逐漸變為虛無
黑暗散而復聚，感覺是你
猝然如時間暗襲
多麼洶湧
充滿想像的溫柔

在橋上

八月，神話消散無形
通往你住處的青石板拱橋，橋下
鷺鷥隨波捕獵日影
舉措從容，以為趾爪下疊沓的銀弧
和我們所立之處並無二致

以手作簷
遮蔽無窮遠處折過來的
一點光，汗液伏於髮根處
吹過來古荷蘭的歌
一遍遍撥響釣線
遠近小船如浮雲
失重，灰藍色，一路顛簸而來
在天際與航道
海市與蜃樓的交界

你像一再造訪的

美景，只有我知悉
新的架構，新的焦點
鹽水粗糙多稜，那結晶
一度成為你手中的樂器

有人

在酒館

窄座，舊燈
你側轉過一張
若有所失的臉
樹浪隱約推得更遠了
狀極參差
如聞嗚咽聲

凡過處皆成雷池
酒水初沸
琥珀色蒸氣一圈一圈
滑入橫陳之瓶
飲盡而後噴出
乾燥，烏有的炭粒

微苦之果
欲墜未墜
亡魂來的時候
款擺，噫嘘，鋒芒畢露
再度使你流血

在貝加爾湖畔

流放至此的
銀狐，鹿，黑腹濱鷸
但有人先一步抵達
雪松之類
玄武岩之類

行於水面上
薩滿之歌，岬角小小
如鯁，傾向獨居
湖水自北冥攜來香檳
鈴鐺低吟登岸
化為白沫

海豹春睡
鮭魚卵
通過瀑布的咽喉

被逐——
坐擁天然的樂園

守夜人

轉過街角
長巷幽邃如斯——
晚風拂衣如涼水，水面
紙船們微微打著盹
隔牆猶有號角倒懸在無限深沉的
睡意，竟夜捕捉星辰

燃燒的氣味
當大霧湮沒他掌中青色的火焰
臨於此境，半酣
半露的閃電

有人守夜，有人
守著守夜之人

天文學家

夢中巨樹
眾神窗外，夜夜
那愛好天文學的少年攀至樹頂
預卜人魚何時將冒風上岸
在此聚攏成圓圈
飲酒，踱步，焚化水手的遺骸

當迸濺的鹽硝與砂礫
磨過他的歌聲，在羅盤上
在青銅色的磷火中。整座銀河
曾一度為此震慄
久久

樹下他酣然睡熟
滿天星斗
甦醒之前
及時回到所剩無幾的水瓶中

地理學家

可能的，那業已下沉的板塊
會重新出土
當我們環抱世界
揚手將百億枚芥子擲向焦土
鹽漠，等份的峻嶺與幽谷
勾出沙丘盡頭的涓滴，平野

與花之輪廓

少年地理學家
將我安置於遙遠的方舟
給我一對羔羊，不許
風雨前來侵擾，為我召回
星散的萬物

輯二——五色石

化為烏有
卵和黃檸檬
纖維
字母及其碎片

餘燼

什麼也沒有了
生煤，蒸氣，暮色如齒輪
軋軋推擠著
也許是辭令之退守，恍惚
如酒瓶滑過指腹
對話還在繼續著

即使早已沒有了主題，沒有
指涉與之相應

是靜止的，是黑暗
一閃而過
我曾示以你永恆
火的消逝，日晷
旋轉天光燒灼
許多年後
終於你拾回一只蒙灰的彩鳳

讓我一無所有
讓你輝煌

失途

這一路野草頻頻
阻我，作勢擊打
途中雙方互有折損，陽光
蜿蜒匯聚
流成金色的小溪

呼嘯著
若有似無地
連續——它不閃躲
來自陰影的召喚
它渴望消逝
想像中曾經到過的小徑
生命因虛構而
變得透明

神祇在雲深處端坐
試一個低音

此來

歷經無數次折射
日光終於停下
丘壑壘壘
提衣涉過感官的河床，彼岸
小黃蜻蜓張開它們平行對稱的翅
別在花苞一樣微敞的襟口

或許前來問你一件舊事
一排伐去的三角楓也好，地震
也好。而後轉身向北海岸更北處飛遠
航道略為偏移
像是完全明瞭夏天就要過去

潮聲淹過話聲
留下岩脈的質地
假使遲疑許久以後你仍然決定要回答
那些消失了的蜻蜓
往後的去向，或者

你和我所感覺到的是同一種寒冷
譬如破缺的水漬向外逐漸擴散
風車繞著同一個軸心旋轉
而九月在即
你的手在我的手裡

斗室

斗室裡未曾有雨
天地驟然退至颱線以外
微渺如一粟。昨日的
瓶花已經謝盡
四散成陣

困坐其中。靜止的正午
積塵簌簌而落
「追憶和存在是不可分的……」，某些
處於瓦解之勢的懸想
我聽見彼岸黑子相繼渡河
來到久久對壘的我這裡，取走了
刀刃，鎧甲，抗拒的意志
那手棄我廢我
琢磨我

且止戈

這介乎生與死的方寸
設若這零和是最好
又何來終生懊悔不已

雨聲如鼓點惶惶落下
天地去而復返
有人隱身於高處
手持金針
挑出虛構的舍利

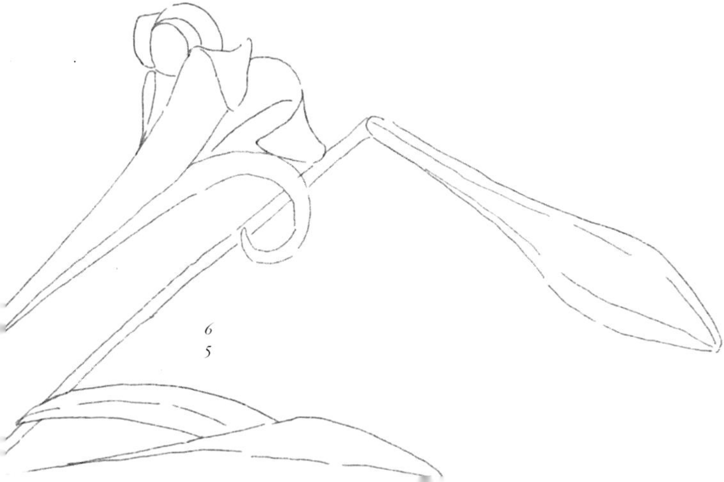

靜物

向晚中一籃蘋果
誰的餽贈？一縷藤黃罌粟紅
滑過大氣的胸肋
沙漏顛倒了，幾枚火種
來自遙遠的夏天的那邊
你坐下，至甜之物

暗中已經蛀穿

像一雙手直探地極
介乎虛與實的引力啊
在昨日是酒，明日
是石頭

煮海

以海為釜
扇貝張闔著
散開來杏色裙邊帶奶香
鰭漂浮上岸
薑與淡紫吸盤
盡卸了鱗甲，海螺

咕嘟爭鳴
熬啊炖啊煎龍王啊
水氣中我們法相莊嚴
十指飽蘸蟹黃

替身

讓鳳梨等同士多啤梨，礦床
取代知更藍
松脂化作蟲蠟
月球自太古升起
世襲，徐行於青空

是我變成你還是你變成了我
回到一支譜系的過去，你看見
齎粉重聚為萬物
我們邊稱述邊伸手去指，遠處
複數的影子低咆著
互相咬囓著……

我不能夠對你說
今夜誰將代替我
完成了你
浮塵兀自翻轉著，金蟬

褪去了彩衣
讓我笑，讓我哭
讓我就此成為一人的傀儡

輯三

共振

諸靈停棲

感官的大休息

懷人

獨自跋涉過命運
死生，隆冬之雪
昔時的懷抱
以千萬年計
再來是鳥獸返祖，星塵
不相見

像一面鈴鼓
一顛簸
就發出聲響

懷人 II

已經另有所屬
葛，春雨，咳嗽聲
夜深時花漸開
你握過的
胭脂與浮沫

太晚了
一切已經結束
我想我曾經見過你
在這裡——
無孔不入
一種悲哀

蜉蝣

這薄翅
從寒露化生嗎
墜地亦無聲
比針鋩還輕還
不可及的枯榮

答覆我，假若
一日夜不夠
方寸之隙不能夠
花葉是動態的
唯有夢能夠
解析另一個夢
唯有心能夠捕捉
心

再一次
將骸骨還諸虛空

曇花現

碗口大的
乳房
倏忽之香

共振

抵達

然後你又坐在身旁。感覺一些語言
一些脈絡正在消融，一些微笑
像一些煙，圈住迂迴的來路，樹聲
如潮水在這深不見底的投擲裡。行囊中
只安頓露滴與亂石，神色徐緩
彷彿整個宇宙觸手可及

而你正是時間本身；心的震央

失物

曾經，可觸且可及
乳是鐘乳
吻是虎吻
你將它辨認出來
直到它規避

經驗——一次
又一次
介於有和無之間

水星

有一種引力
牽曳，拒斥，冥冥之中
帶你去遠方
因為慣性
幾乎無所覺知，我多麼
想再次見到你

天體倉促動身
若即若離的
音訊，在幽暗中，意味
不明如電波接通
旋即失去下落
那只是一個選擇
簡單，永恆
我不再見到你

十一月

晏起
肌膚凝為新酪
乳白色，伏貼的沙丘
門縫裡有風
無雪的
一年轉眼將盡

那個人
只有見與不見
吻與齟齬，那擁抱
如鬚如霧如觸手
如電，我曾渴望。冷空氣
使肺葉張開

一生這樣這樣的長

忐忑

念珠深處的
玫瑰，我聽見，一種渴望
濡潤
研磨著手
萬事萬物彼此勾連

親吻著
像虛構的蜂巢
共振，幽閉，多聲部
像一次受難
不可名狀
告訴我。你的名字
然後你可以走開
這小江山，無詔
不得入

輯四

魂兮歸來

神不害怕新事物

孤獨的象

——觀常玉《孤獨的象》（1966）

空
你捕捉到
風獵獵作響。黃沙
濯洗山水髮膚

天地何其大
無人煙
亦無丘壑

傾兮西北缺東南
疾奔八千里，出波斯
琵琶，葡萄，大戈壁
這裡曾有過
你的故人

暮色中回返

歧路深處，這窮途
一寸寸織入
你散棄的蹄印，你的
魂魄。無韁可繫
無時光之遞嬗

往昔耳聞你
姿態縱橫跌宕，洪荒中
長唳一聲——
臟腑俯仰驚震
硫磺如瀑

形影互為依附，象啊
你是你自己的故人

麥田，火口，松節油
筆觸漸疏漸暗漸老耄
這一路昏晦
袈裟下
最小的祭物

歷劫——在跋涉中
再一次誕生

孤獨的金質無垢
無涯無朽滅
吞吐著
環抱著你

客居

——讀龍瑛宗〈パパイヤのある街〉而後作

離開植有木瓜樹的小鎮
夏天還在延長，永無休止的
南國潮溼而煩熱
一枚失去立錐之地的熟果直直落下來了

比巴掌大，比一陌生聲腔惶然
這多年的謹小慎微，這一切
終歸腐朽的意志
不知道還要持續多久——
紙門後，和服下擺婉約搖曳的枝蔓
汩汩流出金黃色乳汁

折返植有木瓜樹的小鎮
烏桕，油桐，老茄苳
這處處
蔽體的綠蔭

歷史循環守護，秩序
一如往昔
此刻，舊日理想是否已亭亭如蓋
屋宇潔淨而井然
人有新生
一切終於就此安頓

北門

——過阿里山線

如今那些熟悉的秩序
想必皆告瓦解。天干地支
生生不息的蟲魚
鳥獸，時光隸屬於木質部

（乾燥、熟暖而色近沙金）
剪票口輕輕敞開
任它運走你全部的柴薪

再上去一樣遍布松柏之屬
日光匍匐，新葉如扇面張開
提腕向越來越稀薄的暑氣撥著
設想此生也可能遭遇火
鳥喙與號角，一些
行色匆匆的鞋履
現在你已經能夠意會

無非只是一隊孤兵
惶惶跋涉：這裡是果實落地
生根；那裡是斧斤

雲深處仍有屋宇
曠廢，而不斷延長的起居
時光隸屬於木質部
（隱隱有裂痕縱走其間）
一越出柵欄
整個世界就忽地老去了
即使它一度召你趨前：

「來，來我的夢中避雨……」

過天長地久橋

不再遇見你了
一生無非如此。冬雷震震
夏雨雪
行至八荒九垓
求一句偈語

也曾記取年少，也記得
說好了要一起變老
當時我們尚不知老為何物
只覺這路真遠，今日
獨獨屬於我們

北投記

湯液將沸
解衣，掬水
浴硫磺之氤氳兮

共你裸裎相對
山妖，林鬼，遍野地幽靈

乙乙然飄飄然醺醺然
在這尺許的方池中
作盡各種姿態
一度它也曾是
實心的凡胎

分神

屋子裡有一種風雨
將至的氣味，幾隻茱萸斜插在
涼如水的薄晚，如意窗下
一只彩釉剝落的壺，蒙塵的
脫了膠的手稿
暖色調花影下

命運自顧自地旋轉
細節是必要的，感受是
難以恆久保持的
幽靈來過了嗎？縱來過
也一日日少了——它去過
殖民地每一處
亂夢中滿城
雨聲擦過干戈聲，昔年
就此下落不明的閃電

玫瑰的名字

"A rose by any other name would smell as sweet."

—— William Shakespeare

玫瑰不是玫瑰色的
未必根植於星球的右派
或左翼，玫瑰

為一切可愛之物
經由激進份子乃至保守派的手
一代代傳下去
新身占領舊身
且見證另一個自己驟然由荒原中竄升
但不屬於誰
不受典律及砝碼約束，甚至
無人為其命名

玫瑰不是玫瑰色的
但利刃始終可以是利刃

女工之歌

睡吧，工人
但工人不能真睡著
屬於她的一日只有八小時
比太陽更短
叮噹作響。揮霍是必需的
進食，沐浴，著裝撲粉

她將在黑暗中繼承織女的事業

病吧，工人
她本沒有病
她病，是因為她全家都有病
再一次揮別睡眠與月經週期
勞動帶來自由
給每一個女工一座子宮
一點點奶水吧
勞動帶來永遠的安息

親愛的法利賽人

「誰能使我們與基督的愛隔絕呢？難道是患難嗎？是困苦嗎？是逼迫嗎？是飢餓嗎？是赤身露體嗎？是危險嗎？是刀劍嗎⋯⋯都不能叫我們與神的愛隔絕；這愛是在我們的主基督耶穌裡的。」

——《羅馬書 8:35-39》

這裡是牆，那裡有
連綿曲折的欄杆
烏黑，澀涼，百合花一樣
纏上我們裸露在外的臂膀

膚色和政治是牆
性別和性向是欄杆
語言是塔種族是堤防
罪又是什麼呢
翻開六十六卷經卷
法利賽人和我

守一樣的誡命
信獨一之神

不要觸碰那牆
不要靠近那可能出賣你的欄杆
親愛的法利賽人
你是生來寡愛的嗎
你是生鐵還是木料
擘開了餅
擺上了筵席，你來
且讓我們用同一個身體

空城

誰在那裡
夜來鳴金，朝至擊鼓
將催淚彈扔向霧霾
沙啞的，煙色
來自血脈的閃電

帶我到那裡——
學校、銀行、修道院
現在它們變得空曠
向日月星辰道別吧，硝煙
正在變為另一種腥氣

過葵芳，過大嶼山
一路風吹草動
苦難者在苦難者的隔壁
是我的鄰人
是我愛侶，是我
是骨與肉

再見

我們香港見吧
港大，蘭芳園，重慶大廈
走過微汗的長坡，讓我們
再乘一回天星小輪

我們西藏見吧

讓我為你讀〈喇嘛轉世〉
奶茶酥油茶青稞酒
待與來者飲

我們新疆見吧
伊犁羊哈薩克羊塔什庫爾干羊
我的羊聽我的聲音
我們一起齋戒
去更遠的地方牧羊
我們將來見吧

我會為你流血
我裔承繼自香港
西藏與新疆
我們總要再見

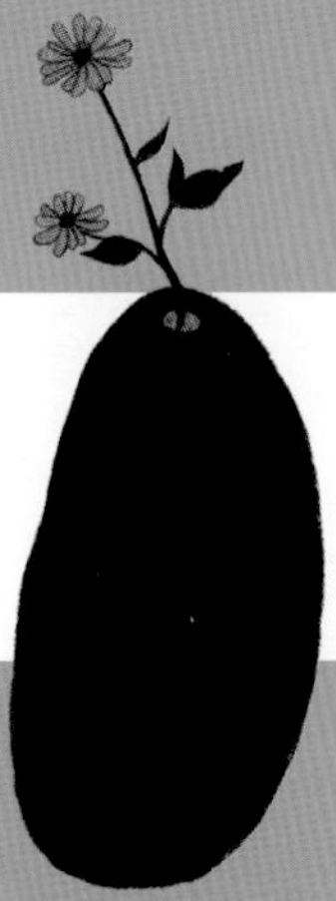

輯五

我們之間

被你的聲音
所役使

我還渴望，更多
更多沒有保留

無花果

頻頻在曠野
在地心持續漫湧出的霧霾中遭遇
生之來處。天微明
有你同在的花園
火焰比霜雪純全
草木簌簌作響

鳥鳴宛轉，久候的
羅網如衣帛
洪荒之初我們折花以蔽體，凝神
追躡它將成未成形的暗香
不知道為什麼
曲折不亞於生死別離
永恆也難以參透。幻想
使金星逆行
新約更迭了舊約
此際累累從四方垂落，祂說
這一顆是不可輕嘗的苦果

即景

是風，分花拂葉而來
是橋墩默坐
是牠自己，或牠倏忽在此倏忽
在彼的半截餘影
似掩還露
走失了又回來

樓窗後的山水
微暗中一躍，登堂
上榻
出入枕席與筆墨
過腰腹如閒庭
以曼曼然之姿試探這氣味
體溫，四散翻捲的什物們
斗室無風而處處波浪
簇擁著，這無冕的君王

蜂蜜

一粒琥珀
液狀，不慎墜入
無邊際的感官世界

當黃昏俯首
一切靜物

劇烈移動著

黃雀

謝謝你
讓我愛著
在蟬與螳螂
之後，我感覺到
一種柔情，煥發
隱密，命中我們

愛著。我曾耽飲你
聲音中泉湧而出的純金，你的
身體是亞熱帶
終年溫暖如春
我感覺被愛——愛是
春末晚來的黃雀
一道亂流，陷阱
箕張空谷時晴
此刻萬籟俱寂
我在你身邊，我說
我想你

新生

讓水變為酒
讓稗子變為麥子
花園中，每一顆石頭都在甦醒
很慢，很安靜
肉桂橄欖香柏木
你聽見綠色的聲音

一塊餅
擘開了又
擘開，奶與蜜
流遍我們

讓你和我
重新成為一體

造物

天地間
沙沙三兩行
輕雷，疏雨
我枕藉其上
十指微涼

交纏又鬆開
多少流連彈奏
這薄暮，聲若管絃
無處不孔竅
如切如磋如琢
如磨，你曾喟嘆
髮膚儼然山水
久遊而忘歸
乃至洞穿

散骸佯睡

眉目猶宿著樹濤飛鳥
假作野渡無人
只是疏雨，輕雷
萬籟潺潺

雪國

——宿越後湯澤

——唐・太上隱者〈答人〉：
「山中無曆日，寒盡不知年。」

粉碎著
柔緩而清涼
四顧無草無木
不辨東西

雪吞沒了萬物
米粥也似
糖霜也似
由耳至頸乃止於肩胛
拂盡復落復落復
無聲，卻似勝有聲
雪夷平了身體

今宵我匍匐於
臥榻之側，你睡了
山中無曆日
從夢中到甦醒

我們之間

也許只隔了一個吻
稻穗在沙沙聲中膨脹
這金波，不固定的旋律
懷以長久溫柔的
安靜，低低呼喚你——

同時遠離你
（因為）一個不夠，也許
要兩個、三個，更多的吻
更多起伏好比一棵樹
牽絆著另一棵樹
這是最好的語言，氣流
隱密地鼓動著
不碰觸什麼
什麼都碰觸了
聲響告訴你的，沉默

將如實再告訴你一次
種籽在飄散
從鐮刀的這一端
到彼端，流出乳白的汁液
我們之間
也許隔了一個星系

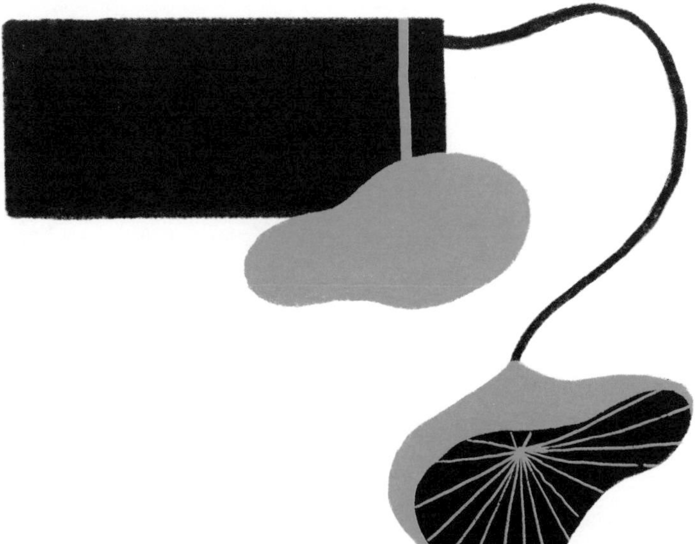

輯六

始終耿耿於懷

幻想一種祭——不是
犧牲。陌生人
謝謝您
贈我以痛苦

來訪

無處容身的夜晚
空出所有房間，指針
懸吊著，發光
不安地轉動

去了許多地方

最後，霧色圍攏
貼附我：「都為你保留下來了
所有惶惑
我曾傾力固守，消失過
又重新出現的六月
無非是你一人獨有的花園。」
像雨聲漸止的夢中
收傘，推門入
獲悉我已在此等候許久

剎那

有人在傾斜的暮色中離開
譬如一滴露水不慎墜入無邊際的
乾涸的中央
其勢宛轉
綿長而不可逆
泥煤是潮濕的，蘆葦

終日搖曳不息

於是我恍惚聽見
紛紛小雨擊打著黑瓦
窗扇闔起，典故散落一地
環珮已經解下了
歉意卻始終未曾透露
這罕然的質地
溫度，色澤，細琢的肌理
似乎咫尺可觸，似乎
遠在光年之外

遂惘惘浮現
越遠越黑越清晰的某個剎那——
有人自此離開
其聲如磬

始終耿耿於懷

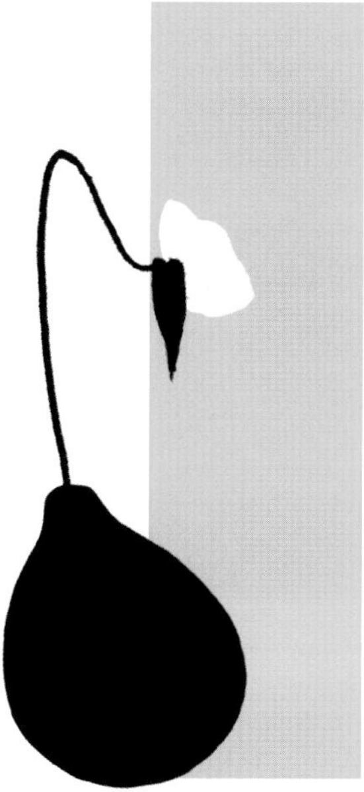

度日

來日多難
我們自此失去了人形
重披鱗片毛髮
結悒鬱的繭
回返文明初始，物種的
第一頁

「我只記得
一種粉身碎骨的感覺……」

十年

如何十年之後
肝膽仍碾磨出
花蜜，你伸指蘸取
那韻致
那久違的饕餮
煙一樣散逸

隔世

小冰河期
頻頻，造訪我們的對話
蜘蛛爬過了
夜之肚腹，片鱗
半爪
我渴望一些字

一個字，被動地
擦了又寫寫了又擦
它藏匿
因延宕而變形
成為另一些字

啞然——它終將
吐露自身的真意，天涯
未覺遠
只是無音訊久矣

半生

恨過的人
就這樣老了

世界還是一樣的嗎
野草挲摩風露
岩層中湧出

你給過我的沙，我回報你的
鹽分

不再向別人提起你了
只是還夢著
你的背影，天地契闊
久遠劫以來
一粒輾轉的豌豆

相失

接過你遞過來的酒
你遞過來的光燄與花朵
你遞給我夜晚
夜晚裡棲息著黑鳥成群
你給我一個接著一個的夢
許多寓意深遠的書冊，以及

它們的答案
你給我一對微翹的羚羊角
牆與流沙的同時
給我匕首

我將回贈予你蜂蜜
回贈你灰燼和明鏡
將一盞金燈交入你的手中，領你前往
最裡面的宮殿，給你祕密
讓你握有我的全景
再將你給過我的地圖與信給你

宛轉如雲錦般的豎琴
給你眼睛，給你
一切不能輕易洞察的譬如香氣或者
給你快樂

獨占

沒有島
沒有風車
沒有琥珀深埋於露水
我永夜的窗外沒有流星
沒有詩中盤旋的夜梟

沒有船隻
沒有浮標沒有水雷
沒有加害者與被害者
海浪從最遙遠處湧過來了
冰涼的微弱的凹陷
早已沒有了聲響

沒
有
我什麼也沒有給你

一切堅固的東西都煙消雲散了

「一切堅固的東西都煙消雲散了，一切神聖的東西都被褻瀆了，人們終於不得不冷漠地看待他們生活的真實狀況和他們的相互關係。」

——卡爾・馬克思《共產黨宣言》

一切堅固的東西都會煙消雲散

會遺失會流逐會離散會辭去會分
別會蛀穿會鬆動會破裂會玉碎
會瓦解會飛逝會枯萎會被竊取被
剝奪被省略被解構被刺穿被擄
被掠被剜割被吞噬會被融蝕會下
墜會隕落會荒蕪會淪陷會毀壞
會傾頹會廢棄會燒盡會烏有
會亡佚會灰飛湮滅不留痕跡

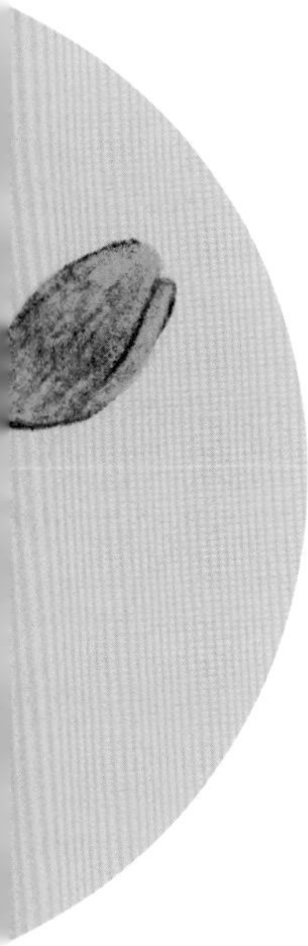

天長地久

我們曾經想過

夜聽郭德堡

石沉，飛灰
吹散了火屑循環
一點餘熱輕響
深埋肺腑
不在場的

手指，移動著
落向感官之舟
橫渡這冥河
黑暗中數行螻蟻
重複的隊伍
凹陷處
乃發聲之處

摩擦，延長著
牽出
更多手指

照亮亡者的臉

夢中會

——路易斯．卡洛爾（Lewis Carroll）：
「假如他不再夢到你……」

可感而不可知
彌合，混沌中一觸
被如崩雲
雷電不見五指，任其

落地，生根
是那處曾相見
一種氛圍，遠遁
浮動著

是你
周身酣熱，柔滑
如皂。霧裡的
管風琴……都是你

之外，無別話
時光碎成灰屑

黑暗亦不能免於
支離
星沉蜃海
波浪過去了好久
那夜，有一個窟窿

後記　無跡之跡

忐忑之狀，難描難繪，古斯塔夫．克林姆〈吻〉恍惚旖旎，彷彿來自極遙遠處，又彷彿近在咫尺；芙烈達．卡蘿〈受傷的鹿〉萬矢穿身，直逼命運之恐懼。前者憧憬太過，後者近於獻祭，兩者都不全然等同忐忑。

作為隱喻的容器，心既為血肉之物，同時又負載著受想行識，後者構成另一抽象系統，所有雀躍，焦灼，懊悔都在這裡，其擬真無異於血肉。藏閃有時，鑑照有時。心自為一有機體。理論上，唯有實物才會遭遇磨損，可是，每個人都會經驗過情思引發的膨脹與收縮，甚至進而牽動肉體實質的痛苦——我們都知道，人真的會心碎。

心是經驗和理解世界的起點。人與物質交會，官能作用，遂成感知，其中當然蘊含了人的獨特性，人如何觀看，內心世界與外在空間如何彼此觸發深化，並尋求平衡，主客體之間，除了個人有意識的鍛鍊，還仰賴讀書累積。

書名忐忑，收錄二〇〇七至二〇二〇年間共五十三首詩作，時間跨度頗長，十四年轉瞬即過，無論現實生活、審美或關懷都歷經幾番變動，如今看來，這批作品大半源於心與外物融會此一動態過程。或召魂，或除魅，有時也可能狀如亂麻或死灰，然而，心還被萬物觸碰著。物一度深入我，觸及那眼睛未曾看見耳朵未曾聽見的深處，可是仍然不可名狀。一來一往，皆屬無跡之跡。

詩也時常探求一種無跡之跡。人云十年磨一劍，其實我不總是在寫詩，不寫時自有不寫的冶煉，斷斷續續，卻始終不曾真正放棄。

許多人偏愛將寫作，尤其寫詩，描述為某種近於神啟的禮物，於我自己，比較不傾向這樣的說法。我以為寫作乃是隱密的勞動。抒情或言志，皆為目的，回歸寫作的本質，是勞動。有的勞動依賴身體，有的勞動依賴精神感知，寫作同時需要兩者做為動能，卻保有心的自由。這也許足以說明何以書寫有別於其他勞動，它更屬己，卻不失清明。從神啟到勞動，寫作者／詩人的地位並不因此而降級，相反地，因著人在其中的作工，越顯其珍貴。

專注積蘊，尋覓深遠，勞動也就隱約有一點修行的樣子。

感謝使詩集得以面世的所有人：贈我以序文的佳嫻與哲佑，你們平日給予我的愛護遠遠超過序文本身，幾位推薦人，在籌備過程中無私地提出實用而溫暖的建議。編輯祿存和美編朱疋各方面細心協助。生命中的人，常見一種是引領你發現新事物，另一種是歷舊彌新，箇中至美，那靈光與溫柔，我受之有愧。

二〇二〇・十二・〇二

忐忑

作者　栩栩
雙囍文學 03

主編　廖祿存

裝幀設計　朱疋

社長　郭重興

發行人兼出版總監　曾大福

出版　雙囍出版／遠足文化事業股份有限公司

地址　231 新北市新店區民權路 108-2 號 9 樓

電話　02-22181417

傳真　02-22188057

Email　service@bookrep.com.tw

郵撥帳號　19504465

客服專線　0800-221-029

網址　http://www.bookrep.com.tw

法律顧問　華洋法律事務所　蘇文生律師

印製　前進彩藝有限公司

初版 1 刷　2021 年 01 月

定價　新臺幣 350 元

周夢蝶詩獎學會

本書榮獲第四屆周夢蝶詩獎

國家圖書館出版品預行編目（CIP）資料

忐忑 / 栩栩著. -- 初版. -- 新北市：遠足文化事業股份有限公司雙囍出版, 2021.01192 面；公分.

（雙囍文學；3）　ISBN 978-986-98388-6-3（平裝）

863.51　　109021503